句集 種のある半球

中村紅絲

邑書林

句集 種のある半球＊目次

句集

種のある半球

穴の青空

碧天へ開けつぴろげる青プール

岩におろす登山嚢（ザック）の底の金属音

みんみんの殻と屍を塵取りに

蜥蜴の尾まで息づける木綿縞

暗転は主翼西日を遮るゆゑ

酢の色の二筋の帯梅雨夕焼

梅雨荒し歓喜歓喜と傘叩き

夕立あとの風に絞られ曙杉

虹生れて心ゆくまでのけぞりぬ

方向痴祇園囃子の地上に出

涼しさを切手シートのミシン目に

鉄錆の踏切八月十五日

刃を入れる赤子の頭大の梨

反りかへり回せ回せと曼珠沙華

秋耕の畝人間の寝嵩なる

蛇口から秋水光る無垢の棒

高架より一瞥月の競馬場

部首「父」の愛しき三字蛇笏の忌

熟れ柿の種のどろどろさぐる舌

俯ける冬帽の裡顔がない

滞るものが出てゆく除夜の鐘

初夢の穴の青空真っ四角

七種の耳付き花瓶耳の無為

探梅の大気欠伸をしてゐたり

要から橙外し注連を焚く

枯蓮「巨椋の曙」とふ名のり

裏側の斑が透けて凍る月

合掌の指に冷たき鼻の先

どと迫る大大阪の寒灯

冬麗の海青ければ目を閉ぢて

涸れ川の堰を越えれば名が替る

すれ違ふ鮫の蔑視と流し目と

節分の闇をすたすた母逝けり

屍今焼く音聞こえこず冴ゆる

十方から寒気親しく喪をつつむ

骨つぼに母を蔵うてあたたかし

春は曙うすあをき茄卵

永遠は高きにありて鳥雲に

電飾の白と青もて春惜しむ

優柔なをとこ名前のしんきろう

万葉より五弁一重を梅の花

その位置に据ゑられじろり雛の目

満中陰洗ひざらしの夕桜

花惜しむうちに老い来る滂滂と

剪定の果て梧桐のでくのばう

永き日の数珠屋渋川骸骨堂

仏壇にカーネーションの純白を

胡蝶蘭母の無明を仄かにす

砂時計ひっくり返し蟻地獄

背泳ぎの腕掻く空(くう)滴る空(くう)

ほじくつてあげくに塞ぐ蟬の穴

疏水にて青大将のメタリツク

噴水が北北西へ挫折する

鰭振つて逆立つ金魚くやしきか

万緑の奥に揺らぐ目モジリアニ

息長き風に睡蓮葉を立てる

呼ばはるは刃物研ぎなり昼寝覚

校庭の白線灼くる黄金比

七夕竹なりたいといふ雪だるま

孤独にて淡き地球の星祭

鬼灯の一顆を据ゑて百箇日

桃割つて種ある半球無き半球

瓢箪の微動もせざり大禍時

鰯雲反対向きの奴がゐる

杭打ちの遠音はればれ秋の昼

次までの闇

くろぐろと転がる大晦日の落暉

閏秒加へて重く年逝けり

風花の着地己の影追うて

冬花火次までの闇すきとほる

パンに沁む蜂蜜の色大晦日

一羽二羽二十羽が田に初烏

元日の日暮れどさつとある散らし

注連縄の縒りに炎の執拗な

粘りある炎左義長盛り過ぎ

流線を上下に閉ぢて寒卵

臆病で白き太陽冬桜

焼酎の瓶にかぶせる毛糸帽

噛んで脱ぐ手袋になほけもの臭

あきらかな死木を混じへ枯木立

きさらぎの庫裏の日溜り長四角

樹の虚（うろ）に斧を蔵へり春嵐

姿煮の目玉をつつき卒業す

逃水から顔ずぶ濡れで電車現る

初蝶の五線限りを上下する

風信子ひとり御飯といふ日常

ハーレーダビッドソン逃げ水置きざりに

誕生日牛馬並みにレタス食み

膝揃へかしづくさまの土筆摘み

煮崩れの図体憎き春の昼

花冷えを伊万里の藍き子が走る

原爆ドーム鳥の巣の未完成

恋猫の背筋伸ばして熟睡す

束の間と永劫の間と百日紅

仰ぎ見る鉾に男の尻並ぶ

落雷の後高架駅がらんどう

ががんぼの影大形な風雨の夜

髪洗ふ処刑のごとく首のべて

西日べつとり頂点の観覧車

滝壺へ白と碧(みどり)とからみ合ひ

いまし没る日にひまはりの挙手の礼

過去未来いづれの声か昼寝覚

皇帝ダリアのほほんと屋根を越す

開ききり鉄線花旋れ矩を踰え

生身魂訪ふ五分五分の愛と義務

生身魂開く拳に何もなき

闇抓み闇へ捨てたる踊の手

月明の地下工事より鋭きひかり

蕭蕭と梨噛み二十一世紀

広辞苑引き出せば光（て）るちちろの貌

月明の非常口にて螺旋階

穂孕みをパンタグラフの影撫でる

紅色といへタール色吾亦紅

緘黙の塊騒立ちて鮭のぼる

仰向けの肢あるみどり鵙の贄

新豆腐掬ふ血管膨らませ

桔梗の蕾蔵する無垢な空(くう)

裸灯に手手噛む鰯ぶちまける

手摑みの秋刀魚の裸身撓ひたる

懸崖菊アインシュタイン博士の舌

緞帳のごとく連ねる懸崖菊

秋冷の五体一塊ぎくしやくす

銀杏落葉末広といふしあはせ語

縁（へり）の有耶無耶

風が温いとパンジーの顰め面

踏み入れば四面楚歌なり犬ふぐり

雪虫にふたつ意ありとアスタリスク

柳絮降る祝福される謂れなき

藁屋根のぺんぺん草に手が届く

助六張りむらさきテープ菠薐草

みどり児のかりりかりりと雛あられ

耕して縁(へり)の有耶無耶正される

不思議の議何故に言偏かひやぐら

黒白の境際立ち冴返る

啓蟄へゆるりとろりと鳴るチャイム

婚衣裳なんじゃもんじゃの白に負けじ

杜若縮緬風のをさまらぬ

紫陽花の笑ひはじけて泪せり

横目にて人の笑ふを聞く蜥蜴

引用の多き評論さるをがせ

かたつむり牛のたぐひと角を張る

対峙する私とわたし熱帯夜

のぼりつめのうぜんかづら寂しかろ

唐突に祇園囃子の湧くなづき

くにやくにやの水に金魚の裾さばき

シーソーの坂折り返し蟻の列

かき氷けむりのごとき舌ざはり

粛粛と四十度の暑人の死に

親知らず抜いてほかりと秋が立つ

短軀にて懸崖菊を抱きあげる

ひだる神鈴生りの柿召さぬとは

焦点の合はぬ眼蜻蛉鷲掴み

幾十の冷たき爪の曼珠沙華

破蓮廃車置場の風を享け

ぐきぐきがぎがぎ蟷螂の無言劇

柿穫りの竿を大扉にたてかける

曼珠沙華心（うら）にあるものすべて吐き
柿の種「柿の種」より大きくて

重たげに亀瞬きて秋寂びぬ

黄落を川幅ぎりぎりの転舵

十二月八日未明を寝返りて

教会堂風仏閣のポインセチア

金時人参麒麟の舌に巻き込まれ

年の瀬を青竹担ぎ弥次郎兵衛

いきなりの羽音無頼な初鳥

静謐をみる左義長の火の奥に

裸木の夜は電飾に苛まれ

菰巻の蘇鉄哭くのも笑ふのも

肉筆のロイヤルブルー寒見舞

大寒の深き轍の憤り

スチールの机に伏せて冬帽子

顳顬のひたぶる動き年の豆

一山の枯れ消火栓ふところに
マラソンの佳境に捨てるサングラス

走り根のたてよこななめ五月闇

誓子とは捉へどころのなき青田

冷蔵庫も柩も横にして搬ぶ

蘭鋳の醜を醜とし愛しめり

鷺鮎を呑みたる後も同じ景

関戸古今繰るうすものの産毛の手

泰山木人恋ひの蘂そばだてる

三段に滝の水塊ころげ落つ

炎昼を左に曲り饒舌な

陶然と泉に伏せる馬の顔

三伏の粥の怒りの小宇宙

落蟬のじたばた命終るまで

玉徹す芍薬一夜二夜三夜

冷蔵庫葛の斜面に扉を開く

慎ましき十字

鍵束を腰に素通りする花野

鈴生りの柿恥ぢらひて日を落す

べつとりと露切株の傾きに
かんらからら流木秋の陽に滾る

鹿威しその間を故もなく数ふ

黄落を詠むと描くと背きあひ

椎の実の泪のかたち掌につつむ

落日の未練の色を鰯雲

満目に土色の朝稲架濡れて

月明に解錠の音ははばからず

盆栽に石榴一顆のしたり顔

秋冷をぼんやりさがる自在鉤

木犀の落花の慎ましき十字

凡詩にて生活(くらし)の欠片朴落葉

松活けて松にあらざり翁の忌

木枯の息継ぐときに日差し濃き

枯蔦を引けばへらへら蹤く礫

一望の枯れ一点に赤信号

青鷺の声の下卑たる初詣

冴え冴えと電光ニュース役者の死

冬耕の肥料袋に緑の文字

温室の雨漏り冷た徳利椰子

冬耕の石を抛りて石に当つ

寒晴れの瀬音棚田をかけあがる

隼の鋭き一瞥の後の無視

高層都市の燈の連なりへ鬼やらふ

牛小屋の身じろぎ頻り涅槃の夜

凋落は棘の先より鬼薊

きさらぎの玉転がつて水琴窟

碩学の斑ある禿頭散るさくら

青空の無垢なる不吉花辛夷

春昼の鳩サブレーを真っ二つ

原爆ドーム黒き恋猫はしり去る

搔きまはす瓊矛渦潮大なれと

告天子のぼつてものぼつても梯子

ささくれを錦に覆ひ遍路杖

梅雨寒を焚かれて滾る薔薇の茎

初夏の鎖骨優雅に階下る

雨雲に泰山木の花うてな

昼燈すバスの自意識青嵐

燕五つ子緊張の等間隔

ミキサーに人参回る梅雨の鬱

「猫踏んじやつた」アレグロの梅雨荒れの

脱ぎかけの皮の黴びたる今年竹

黄を以て薔薇のかげりを厚塗りに
青柿の対仰ける俯ける

寝乱れの毛布を垂らし鰹船

伸びきつて殻引き寄せる蝸牛

誕生月祇園囃子に充たされる

峰雲の帯びる緑にある真実（まこと）

少年に胸抓まれて咽ぶ蟬

湖かなし西日に芥うち返す

西日さす湖の芥の流離譚

屈託の胸よりはがす金亀子

日盛のモノクロ画面鎌かざす

山頂の岩にぶつけて割る西瓜

氷菓嘗めとどこほるもの脳天に

街道の地べたすれすれまで簾

露天湯の底砂摑む登山の趾

春愁の顎

寒霞街の響みが峠まで

水涸れて対岸の声痯高し

吊革に鮟鱇然と瞑れる
省略の果ての余白を着ぶくれて

大寒の卵湯気立て三角錐

日溜りの風音にして枯るる音

大寒の常磐の一枝のみさやぐ

雪晴の釜の底方(そこひ)に湖瞠る

はじめての雪の平らとなる更地

白壁の影梅が枝の力瘤

窯跡を蔽ふ白梅萼の紅

節分の雨ほつこりと土黒し

雲の影野遊びの火を赤らめる

耳の日や耳の形の大阪府

とまどへり誕生仏に杓当てて

誓子忌の眼鏡五色を放つ一瞬（とき）

少年をすつぽりと容るるしやぼん玉

足の爪剪る春愁の顎膝に

桃咲いて蒼きガラスのビル傾ぐ

のどけさの目を閉ぢさぐる耳の闇

ヴァイオリン新樹に甘くねばりつく

揚羽蝶ひよいと高みへ多佳子の忌

沢蟹が泡にみづから閉ぢこもる

真つ黒の裏が真つ赤な梅雨夕焼

手秤りの牡丹の重み乳房ほど

ガラス扉にひしやげて守宮うすくれなゐ

水馬水の粘りにはじかれる

青き斑の蛇のぬめりを目で触る

藻の花の流れず流されぬちから

切字なき俳句を沈め心太

薔薇震はせ「聖者が町にやってきた」

毳立ちてすつくと風に朴の蘂

白服の胸のかげりは知のあかし

とまどひを経ては噴水立ちあがる

片陰を出づるしぶとく影連れて

草を刈り峡一村を燻らせる

火の山の胎くぐり出し真清水よ
下駄履きの素足小指がそつぽ向く

蟻かかぐ等身大の白き卵

蟷螂を摑む指先蚕の記憶

放生の刻迫れりと跳ねる鯉

宵闇を回転木馬空回り

いなびかり箱階段の全金具

菊を被て見つめる虚空猥雑な

赤とんぼかさつく翅が濡れてゐる

筆の秀に蹤いてくる紙星月夜

みんなみへ大河となつて鰯雲

秋思果つ草鞋の為の襤褸を裂き

末枯の崖へはみ出てバス曲る

稜線の奥へと鰯雲緊まる

千枚に刈田一枚十二株

水中に砂の起き伏し秋の翳

黄落に「灬（れつか）」おだやか木活字

岩鼻にピン刺しの蝶いなびかり

稜(かど)ばつて欠けを拒める葡萄の粒

実南天頰張る鵯と目が合へり

草紅葉袈裟はんなりと仏の背

手術台身幅限りの冷まじき

枯尾花碧き虚空を余白とす

神農祭女体S字に塡まる壜

一同に沈黙強ひる寒落暉

真鍮の火箸の重き初詣

独楽たどる生命線の分岐点

陶酔の刻掌に独楽回る

ぬらりくらりと左義長の焔の先

うたた寝に寒き夕焼けの切れつ端

赭枯れの松をかかへる枯木立

電飾の呟き

唐突に迷路の出口栗の花

地下要塞滴る闇を遺しけり

雨蛙自炊自祝の誕生日

ソフトクリーム絞り出したる鋭き尖り

守宮ゐて扉の開け閉てに障りなし

線香花火虎の子の玉落す

匂(かざ)ねつとりと滝壺を出づる水

水馬身は微かにて脚の影

脚長く電柱に拠る三尺寝

熱帯夜眼窩もつとも醒めゐたる

傾ぐ頭の鼻梁の長き涼しさよ

蛇の舌ふたつに割れて空(くう)舐める

青瓢熱く産毛でざらざらす

短夜の夢の長きを訝しむ

白光を負うて峯雲前のめり

屈葬のかたちをなぞり昼寝せる

風死して誰か掃きゐる神の杜

鬼やんましかつめ顔で顎しやくる

くるぶしにからぶ瘡蓋生身魂

はにかみの歯茎が笑ふ生身魂

新涼を垂れて売らるる日章旗

桔梗の吐息ころして蕾裂く

宵闇を燭の炎がうらがへる
薄紙の如き月出てどよめけり

月読へ琴柱飛び立つかもしれぬ

月影の更けて踊の輪を緊むる

銀杏黄葉が奔流を急発進

大寺の欄間色なき風通る

ことごとく虫喰ひに堪へ桜紅葉

鱗雲その一鱗の柔毛(にこげ)降る

櫨紅葉まつはれるもの風となる

奥歯噛みしめ柿取りの竿振る

葛被き谷へふかぶか傾ぐ竹

柿紅葉瑞々しさの緑の斑

枯園のホースの水を透くとぐろ

白障子閉てて四隅の気が撥ねる

聖き夜の猫の屍が冷ゆるひま

電飾の呟き裏む初明り

ふところにクレーンのたつ初明り

どこをどう屈折しての初日影

初日さし潤む田の鋳亀甲紋

綱曳きの後尾縞ジャージの巨体

とんどの火持ち上げられて抗へり

水仙の斜面に激つ瀬を重ね

卵割る一音以て寒に入る

凍つる夜の棚の大巻貝鳴るか

鉄鎖もて闇に梅林閉ざしたる

春暁を着きてタンク車胴長し

啓蟄の夜をこりこりときしるペン

耳の日の針に耳あり目を通す

雪柳声ありとせば金属性

誓子忌の耳なく目なきざんざ降り

涅槃の場蝸牛の渦の左巻き

揚雲雀鉄塔はしご内蔵し

句集　種のある半球　畢

あとがき

「一句を書くことは　一片の鱗の剝脱である」

三橋鷹女句集『羊歯地獄』冒頭にこう書かれています。
鷹女の俳句についていては、充分理解できているわけではありませんが、俳句を作ることの覚悟を、鮮明に言いとめたこの言葉には、ずいぶんと鼓舞されました。

本句集はここ十年の作品六百余句から、三百六十六句を選びました。
旧態依然とした、どこにでもある作品ばかり、なのか、何句かにはプラスアルファが認められるのか、判然と致しませんが、良くも悪くも、この間の私の成果です。

遠い過去の作品は割愛しましたが、「天狼」「七曜」で、山口誓子、堀内薫、両先生に永年ご教示戴いたその精神は、それぞれの作品に沁み込んでいるものと思います。

「見る　よく観る」

ある時期「七曜」毎号の表紙裏に掲げられた言葉です。
特に説明は、ありませんでしたが、「よく観る」とは、「物」の、「ことがら」の本質を「見極める」ということであると享けとめました。
見ることに徹しようとしましたが、しかし、手持ちの発想パターンや表現の表層的な修飾を超え出ることは、とてもむつかしいことでした。結果、稚拙な作品しか出来ないことに、悩まされつづけました。

そんな折に誘っていただいた、「天狼」若手による「ごまめ句会」では、楠節子さんを中心に、辻田克巳、塩川雄三、茨木和生、丁野弘、浅井久子、品川鈴子、川口美江子、佐竹春美、中村節代さん達、先輩の方々（何人かの方は既に亡くなられていますが）の末席で、身を切るような緊張感の中、多くを学ばせていただき、少しは先が見えた様な気が致しました。

昭和四十年五十年代の数年間のことですが、なつかしくも、感謝すべき、私の原点です。

身辺のよんどころない諸事情による、長い休俳の後、思いがけず、竹中宏氏に、批評と激励を受ける機会を得、安易であった気持ちがひきしまり、再び俳句に真正面から向き合うこととなりました。

氏に出会わなければ、本句集をまとめることも、出来なかったと思います。

氏には、本当に感謝しております。

本句集上梓にあたり、邑書林　島田牙城様、黄土眠兎様にはお世話になりました。

お礼申し上げます。

令和元年八月

中村紅絲

中村紅絲 なかむら こうし

昭和十四年　大阪市生まれ　本名　美枝子（みえこ）
昭和四十年　寒川北嶺の誘掖により「七曜」入会　堀内薫に師事
昭和四十五年「天狼」入会　山口誓子に師事
昭和五十年「七曜賞」受賞
　「七曜」同人（平成二十年まで）
平成十五年　竹中宏に出会う
平成二十一年「翔臨」入会　現在に至る
現住所　〒573-1102　大阪府枚方市北楠葉町二十八-九

句集　種のある半球

著者……中村紅絲
発行日……令和元年十二月三十日
発行者……島田牙城
発行所……邑書林
661-0033　兵庫県尼崎市南武庫之荘3-32-1-201
Tel　〇六（六四二三）七八一九
Fax　〇六（六四二三）七八一八
郵便振替　〇〇一〇〇-三-五五八三二
younohon@fancy.ocn.ne.jp
http://youshorinshop.com
印刷・製本……モリモト印刷株式会社
用紙……株式会社三村洋紙店
定価……本体二千五百円+税

ISBN978-4-89709-896-8 C0092